AF358237

VENTE CHIQUITA

BEAUX BIJOUX

Elégant Mobilier

FOURRURES

Mᵉ **H. BRICOUT**, Commissaire-Priseur
8, rue Sainte-Cécile

M. FALKENBERG,
Expert près le Tribunal civil de la Seine
6, rue Lafayette

M. G. GUILLAUME, Expert
13, rue d'Aumale

CATALOGUE

DES

Beaux Bijoux

ORNÉS DE PERLES ET BRILLANTS

COLLIERS ET SAUTOIR PERLES

Broches, Bagues, Pendentifs

FOURRURES — ROBES DE THÉATRE

ET D'UN

ÉLÉGANT MOBILIER

De Styles Louis XV et Louis XVI

SECRÉTAIRE ET POUDREUSE ÉPOQUE LOUIS XVI

MARBRES, BRONZES

TAPIS, TENTURES

Appartenant à Madame CHIQUITA

ET DONT LA VENTE PAR SUITE DE DÉPART AURA LIEU

HOTEL DROUOT, SALLE N° 1

LES VENDREDI 15 ET SAMEDI 16 NOVEMBRE 1912

à deux heures

PAR LE MINISTÈRE DE

M⁰ H. BRICOUT, Commissaire-Priseur

8, rue Sainte-Cécile

ASSISTÉ

Pour les Bijoux :	*Pour les Meubles :*
DE	DE
M. FALKENBERG	**M. G. GUILLAUME**
EXPERT PRÈS LE TRIBUNAL CIVIL DE LA SEINE	EXPERT
6, rue Lafayette	13, rue d'Aumale

EXPOSITIONS

PARTICULIÈRE : *Le Mercredi 13 Novembre 1912. . . .* ⎱ DE 2 HEURES
PUBLIQUE : *Le Jeudi 14 Novembre 1912. . . . .* ⎰ A 6 HEURES

ORDRE DES VACATIONS

Le Vendredi 15 Novembre 1912

Bijoux . . . .   1 à 28

Le Samedi 16 Novembre 1912

Tableaux, Aquarelles, Lithographies . . . .   29 à 33
Porcelaine, Verrerie, Marbres, Bronzes, Sculpture . .   34 à 51
Meubles, Sièges . . . .   52 à 103
Rideaux, Tentures, Tapis . . . .   104 à 111
Fourrures, Costumes. . . . .   112 à 120

CONDITIONS DE LA VENTE

Elle sera faite au comptant.

Les acquéreurs paieront *dix pour cent* en sus des enchères.

L'exposition mettant le public à même de se rendre compte de l'état et de la nature des objets, aucune réclamation, pour quelque cause que ce soit, ne sera admise une fois l'adjudication prononcée.

Paris. — Imp. de l'Art, Ch. Berger, 41, rue de la Victoire.

DÉSIGNATION

BEAUX BIJOUX

1 — Collier, composé de cinquante-quatre perles.

2 — Collier, formé de soixante-treize perles.

3 — Sautoir, composé de trois cent quatre-vingt-quinze perles. Fermoir perle.

4 — Collier en forme de serpent souple ; les anneaux et la tête entièrement pavés de brillants ; les yeux en rubis cabochons.

5 — Cravate, formée de petites perles, terminée par quatre motifs en brillants.

6 — Petit collier, en platine enrichi de huit motifs formés d'un rubis entre deux brillants navettes.

7 — Grande broche, formée d'ornements sertis de brillants et de roses, enrichie de brillants navettes entourés de rubis calibrés, et terminée par des pendeloques en brillants poires entourés également de rubis calibrés.

8 — Pendentif, en forme de disque pavé de brillants, avec, au centre, une perle blanche. Chaînette en platine.

9 — Pendentif, en forme de cœur, en platine, composé de deux rangs sertis de brillants et d'une palmette en brillants.

10 — Grande barrette en brillants.

11 — Broche, formée de trois anneaux emmaillés pavés de brillants.

12 — Petite broche ronde : perles, brillants, roses et rubis.

13 — Petite broche-barrette, mouches, roses, perles, pierres de couleur.

14 — Bague, formée de trois gros brillants.

15 — Bague, perle grise sur fil platine.

16 — Bague, perle sur fil platine.

17 — Bague, formée de deux motifs turquoises entourées de brillants.

18 — Deux petites bagues en or, montées de brillants, roses et saphir.

19 — Grand sac en or vert.

20 — Nécessaire de dame en or ; chiffre en roses incrusté et tube à rouge en or.

21 — Etui à cigarettes en or.

22 — Petite glace de poche, ornée d'une tête de femme enrichie de roses.

23 — TROIS ÉPINGLES de cravate en or, lapis, jaspe.

24 — PORTE-MINE et cure-dents en or.

25 — LOT, formé de médailles, pièce, trèfle et cœur
en or.

26 — LOT de débris, chaînette et montures or.

27 — PETITE BONBONNIÈRE et porte-cigarettes en argent.

28 — JUMELLE de théâtre en nacre.

TABLEAUX
AQUARELLES, LITHOGRAPHIES

CHARLOT
(E.)

29 — *Chien en arrêt.*
Toile.

ÉMILE ADAM
(L.)

30 — *La Leçon de catéchisme.*
Aquarelle.

LAND
(G.)

31 — *Intérieur de ferme.*

— *Maisons rustiques.*
Deux toiles signées à droite en bas et datées : *1869.*

32 — Cinq lithographies en noir et en couleurs. (Seront divisées.)

33 — Lot de tableaux et aquarelles de différentes écoles. (Sera divisé.)

PORCELAINE, CÉRAMIQUE
VERRERIE
MARBRES, BRONZES, SCULPTURES

34 — Paire de vases en porcelaine, décorés de réserves en médaillons sur fond gros-bleu de Sèvres ; monture en bronze ciselé et doré à têtes de béliers. Style Louis XVI.

35 — Porte-parapluie tubulaire en céramique, à décor d'animaux marins.

36 — Service de table en porcelaine blanche, à filets dorés.

37 — Lot de garnitures de toilette en porcelaine, à décors variés. (Sera divisé.)

38 — Lot de vaisselle et verrerie dépareillées. (Sera divisé.)

39 — Service de toilette en cristal de Baccarat, à rehauts d'or, comprenant cuvette, pot à eau et flacons assortis.

40 — Service de verrerie de Baccarat.

41 — Deux grands vases-cornets en cristal.

42 — Buste en marbre blanc : la Frileuse.

43 — Buste en marbre blanc : Tête de jeune fille coiffée d'un chapeau fleuri.

44 — Lot de statuettes, figurines et groupes en plâtre, stuc, etc. (Sera divisé.)

45 — Statuette en bronze patiné de Mercure assis et drapé, tenant le caducée de la main gauche.

46 — Cartel en bronze ciselé et doré. Style Louis XVI.

47 — Paire d'appliques en bronze ciselé à nœuds de rubans, munies de trois lumières et disposées pour l'électricité.

48 — Deux petites bouteilles en émail cloisonné à fleurs sur fond bleu.

49 — Flambeau en cuivre, préparé pour l'électricité. Art anglais.

50 — Paire de flambeaux en métal argenté. Style Louis XVI.

51 — Lot de cadres en cuivre ciselé, renfermant des miniatures modernes : Portraits. (Sera divisé.)

MEUBLES ET SIÈGES
PIANO

52 — SALON en bois doré, recouvert de velours frappé cerise à fleurettes ; il comprend un canapé et quatre fauteuils. Style Louis XV.

53 — SALLE A MANGER en bois laqué gris et sculpté à rosaces, feuilles d'eau, volutes et rubans ; elle comprend deux buffets plats ornés de plaques de marbre rouge veiné, une table à coins arrondis avec ses allonges, six chaises et deux fauteuils foncés de canne et munis de coussins mobiles en velours frappé vert. Style Louis XVI.

54 — CHAMBRE A COUCHER en bois laqué blanc et partiellement doré, comprenant un grand lit de milieu avec sommier, et son baldaquin, forme dôme, en bois doré à décor de guirlandes, une armoire à trois portes foncées de glaces à petits carreaux, et une table de nuit. Style Louis XVI.

55 — CHAMBRE A COUCHER en palissandre, comprenant un lit de milieu avec son sommier, une armoire à glace et une table de nuit-chiffonnier.

56 — SECRÉTAIRE en bois de rose marqueté à filets, muni d'un abattant et de quatre tiroirs, orné d'entrées de serrures et d'un cul-de-lampe en bronze ciselé et couvert d'un marbre bleu-turquin. Époque Louis XVI.

57 — ARMOIRE munie d'une porte, en bois naturel à
moulures.

58 — ARMOIRE en bois laqué blanc, munie d'une porte
vitrée à petits carreaux.

59 — PETIT MEUBLE, à trois tiroirs, en pitchpin, formant
chiffonnier.

60 — PETIT BUREAU en bois laqué blanc et partiellement
doré, surmonté d'une vitrine, avec quatre tiroirs et
casier central. Style Louis XV.

61 — PETIT MODÈLE DE COMMODE en noyer, à trois tiroirs.

62 — TABLE-COIFFEUSE en bois de rose marqueté de
bandes, filets et fleurs, munie d'une tablette mobile,
foncée de glaces, de casiers intérieurs, de deux tiroirs
et d'une tirette ; elle pose sur pieds cambrés. Époque
Louis XV.

63 — TABLE-COIFFEUSE de forme rognon en bois sculpté et
laqué blanc, couverte d'une glace. Style Louis XVI.

64 — PETITE TABLE rectangulaire en bois doré, couverte
d'un marbre et munie d'une tablette d'entrejambe
cannée.

65 — PETITE TABLE rectangulaire en acajou et bronzes,
couverte d'un marbre à galerie.

66 — TABLE en bois doré et sculpté à fleurs, couverte de
soie brochée et posant sur pieds cambrés. Style
Louis XV.

67 — Table rectangulaire en bois laqué blanc, munie
d'un tiroir et surmontée d'une étagère avec petite
vitrine.

68 — Table-étagère à trois tablettes en vernis Martin, à
décor de fleurs sur fond or, la partie supérieure cein-
turée d'une galerie. Style Louis XVI.

69 — Table en noyer marqueté, ornée de bronzes et
munie de deux tiroirs.

70 — Table rectangulaire en bois laqué blanc à tablette
d'entrejambe, cannée. Style Louis XVI.

71 — Table-étagère en bambou et vannerie.

72 — Petit guéridon circulaire en bois laqué blanc et
cuivre, à deux tablettes d'entrejambe.

73 — Piano droit, de *Kandowski ;* coffre en bois laqué
blanc à rehauts de dorure.

74 — Colonne-support en bois laqué blanc et partiellement doré.

75 — Support en bois laqué blanc.

76 — Porte-manteau en bois laqué blanc et ajouré, muni
de patères en cuivre et foncé d'une glace-cœur.

77 — Paravent à trois feuilles, foncées de glaces ; monture en bois doré à torsades et rubans et présentant
deux petites consoles, couvertes de marbre jaune.
Style Louis XVI.

78 — PARAVENT à trois feuilles, foncées de glaces ; monture en bois laqué blanc et partiellement doré à moulures et feuillages. Style Louis XV.

79 — ECRAN à deux plateaux reversibles ornés de gravures ; pieds en bois doré à entrelacs et volutes. Style Louis XVI.

80 — TOILETTE en bois laqué blanc et partiellement doré, ornée de rinceaux, entrelacs et guirlandes. Dessus en marbre blanc. Style Louis XVI.

81 — TOILETTE-LAVABO en pitchpin, couverte d'un marbre blanc.

82 — BAIGNOIRE, chauffe-bain et accessoires. *Maison Doulton.*

83 — ÉTAGÈRE D'APPLIQUE, munie de quatre tablettes, en noyer, à montants métalliques.

84 — GRANDE GLACE à cadre doré, ornée de rangs de perles et de feuilles d'eau ; fronton à médaillon dans des palmes.

85 — AUTRE GLACE dorée à moulures et fronton fleuri.

86 — AUTRE GLACE à cadre recouvert de peluche verte.

87 — GLACE biseautée à cadre de bois peint blanc et ajouré.

88 — AUTRE GLACE rectangulaire à cadre en bambou recouvert de damas crème.

89 — LIT de repos en bois sculpté et laqué blanc, partiellement doré et foncé de soierie rose à couronnes
et guirlandes ; il se complète d'un petit baldaquin,
forme couronne, en bois sculpté et doré. Style
Louis XVI.

90 — PETIT CANAPÉ, forme bateau, en bois doré foncé de
canne. Style Louis XVI.

91 — CHAISE-LONGUE capitonnée de soie brochée et de
velours à franges.

92 — CHAISE-LONGUE composée de deux parties en bois
laqué blanc et partiellement doré, couverte de soieries
à fond jaune. Style Louis XV.

93 — BERGÈRE assortie.

94 — BERGÈRE en bois doré, couverte de soierie brochée
à fleurs. Style Louis XV.

95 — FAUTEUIL, entièrement couvert de moire rose à fleurs.

96 — PETITE BANQUETTE à accoudoirs en bois laqué
blanc, foncée de canne.

97 — DEUX CHAISES en palissandre, couvertes de reps rose.
Style Louis XV.

98 — CHAISE en bois doré, foncée de canne ; dossier bas
à barreaux. Style Louis XVI.

99 — CHAISE BASSE à haut dossier en bois laqué blanc,
partiellement cannée et couverte de soierie rose.

100 — Deux sièges d'encoignure, l'un en bois doré, l'autre en bois laqué blanc et foncés de canne.

101 — Lot de meubles en bois laqué blanc : toilettes, séchoirs, supports et autres. (Sera divisé.)

102 — Lot de sièges, supports et tables variées en pitchpin. (Sera divisé.)

103 — Lot de mobilier courant. (Sera divisé.)

RIDEAUX
TENTURES, ÉTOFFES, LITERIE
TAPIS

104 — Paire de rideaux, en satin blanc, brodés et ornés de dentelles.

105 — Autre paire de rideaux en satin blanc à franges.

106 — Autre paire de rideaux en reps rose, ornés de passementerie.

107 — Lot de rideaux et tentures, encadrements de fenêtres, chutes, bandeaux, cantonnières en soie, satin, reps, etc. (Sera divisé.)

108 — Lot de stores et rideaux de vitrage en mousseline, guipure, linon, etc. (Sera divisé.)

109 — Lot de coussins, couverts de soierie, reps et étoffe de fantaisie. (Sera divisé.)

110 — Lot de tapis cloués à fond rouge. (Sera divisé.)

111 — Lot de literie. (Sera divisé.)

FOURRURES, COSTUMES

112 — Paletot de chinchilla, doublé d'hermine.

113 — Étole en chinchilla, doublée d'hermine.

114 — Manchon en hermine.

115 — Étole en skungs.

116 — Paletot en loutre d'Hudson.

117 — Grand manteau en velours bleu foncé, bordé de skungs.

118 — Six costumes de théâtre, de la *Maison Beer.* (Seront divisés.)

119 — Autres robes et toilettes variées, manteaux espagnols à paillettes et brodés d'or, etc. (Seront divisés.)

120 — Objets omis.